mondragó
CRÍAS DE DRAGÓN

DESTINO INFANTIL Y JUVENIL, 2017
infoinfantilyjuvenil@planeta.es
www.planetadelibrosinfantilyjuvenil.com
www.planetadelibros.com
Editado por Editorial Planeta, S. A.

Avda. Diagonal, 662-664, 08034 Barcelona
Primera edición: febrero de 2017
ISBN: 978-84-08-16747-1
Depósito legal: B. 1.051-2017
Impreso en España – *Printed in Spain*

El papel utilizado para la impresión de este libro es cien por cien libre de cloro y está calificado como **papel ecológico**.

Ana Galán

DRAGONES de AGUA

Ilustraciones de Javier Delgado

DESTINO

Mar Ejada

Herrería

Bosque de la Niebla

Dragonería

Castillo de
Wickenburg

Montañas glaciares

Horno

Cuevas del Trol

Colegio

Castillos del pueblo

PERSONAJES

CALE

Inteligente, deportista y divertido. Tiene una misión y no descansará hasta que la cumpla.

MONDRAGÓ

No es un dragón como los demás. No puede volar, se distrae con las moscas, se tropieza todo el rato y estornuda sin parar, echando fuego por la nariz.

CASI y CHICO

Casi, el mejor amigo de Cale, casi siempre tiene buenas ideas. Chico es su dragón.

ARCO y FLECHA

Arco es el irresponsable e hiperactivo del grupo. Sus padres le obligan a usar casco cuando monta en su dragón, Flecha.

MAYO y BRUMA

Mayo es muy disciplinada ¡y muy valiente! Le encanta entrenar a su dragona, Bruma.

LO QUE HA PASADO HASTA AHORA

A Cale y sus amigos —Mayo, Casi y Arco— les han encomendado una misión muy importante y peligrosa: recuperar los huevos de dragón que ha robado una banda de delincuentes de las incubadoras de la dragonería. Es un trabajo demasiado arriesgado para un grupo de chicos tan jóvenes. Antón, el dragonero, habría preferido no encargarles esa tarea; sin embargo, él sabe que debe quedarse a vigilar la dragonería y reparar los desperfectos que ocasionaron los ladrones. Además, es muy importante que nadie en el pueblo se entere de lo que está pasando para que no cunda el pánico hasta que regrese de viaje el padre de Cale, que es el nuevo alcalde de Samaradó.

Todavía no han conseguido averiguar quiénes son los ladrones ni de dónde han venido. De momento, lo único que saben es que acechan por todas partes, van disfrazados de planta, se conocen la zona perfectamente y no tienen buenas intenciones. Los ladrones se llevaron ocho huevos en total, y Cale y sus amigos, gracias a la ayuda de sus dragones y, en especial, del travieso Mondragó, ya han conseguido recuperar tres de ellos.

El primero que recuperaron fue una cría de dragón de tierra o compactiforme. Es un dragoncito tímido de color azul, con rayas blancas en la cola. Se encariñó con Casi, quien lo cuida.

Al día siguiente, mientras Casi construía uno de sus inventos en la dragonería, sus tres amigos salieron a buscar los huevos de dragón de fuego, que estaban a punto de eclosionar. Los encontraron en la herrería, y cuando los llevaban de vuelta a la dragonería, ¡los huevos se abrieron! Salieron dos crías mandibuladas de color rojo que gruñían sin parar y se peleaban entre ellas. Cale y sus amigos ya creían que habían finalizado su misión y estaban a punto de llegar a la dragonería cuando los ladrones les tendieron una emboscada y los atacaron. Después de una intensa pelea, una vez más, Mondragó consiguió librarse de sus enemigos y pudieron llevarle los dragones a Antón sanos y salvos.

Todavía deben recuperar cinco crías más e intentar encontrar respuestas a todas sus preguntas. ¿Lo conseguirán?

CAPÍTULO 1
UNA NUEVA MISIÓN

Era un domingo nublado de otoño, y Cale y sus amigos —Arco, Casi y Mayo— se habían reunido muy temprano en la dragonería para planear su próxima misión: encontrar el resto de los huevos de dragón que habían robado los ladrones.

Antón, el dragonero, había habilitado uno de los establos de la enfermería para guardar a las crías recuperadas hasta ese momento. Era un compartimento pequeño con el suelo cubierto de paja y rodeado por una valla de madera. En el establo adyacente descansaba un dragón con un ala vendada que miraba a los animales con curiosidad. Antón había llenado el comedero con pienso, y los pequeños dragones de fuego comían ansiosamente. El dragoncito de tierra intentaba meterse entre ellos, pero cada

vez que se acercaba, los otros dos le rugían y le impedían el paso.

—¡No lo dejan comer! —protestó Casi.

—Tranquilo —dijo Antón—. Los mandibulados son animales dominantes y no van a permitir que la otra cría se acerque hasta que hayan terminado. Pero se llenarán enseguida y el compactiforme podrá comer.

Cada tipo de dragón tenía dos nombres. Los dragones de fuego eran mandibulados por el tamaño de su boca. Los de tierra también se llamaban compactiformes porque tenían el cuerpo pequeño y rechoncho.

Antón estaba en lo cierto. En cuanto las dos crías saciaron su hambre, empezaron a jugar. El dragoncito de tierra por fin pudo acercarse a comer. Metió la cabeza en el comedero y engulló las bolitas de pienso mientras movía la cola.

Al ver como jugaban los dragones rojos, Arco, el chico más alocado del grupo, no pudo evitar unirse a la acción. Saltó por encima de la valla y empezó a correr por el establo. Los dos dragones rojos lo persiguieron. Después, el muchacho se tiró al suelo y las crías se abalanzaron sobre él para moderle las orejas con su boca desdentada.

—¡Ahh! ¡No puedo respirar! —bromeaba Arco.

Cale sonrió al verlos. Desde luego, su amigo tenía mucha más energía que él a esas horas de la mañana.

Pero ese día no habían ido a la dragonería a jugar. Tenían una misión importante que llevar a cabo. Mayo, siempre tan responsable, se acercó a Antón.

—¿Dónde crees que estará el resto de los huevos? —preguntó.

Antón se frotó la barba pensativo.

—Veamos... Todavía tenemos que

recuperar cuatro: un huevo de dragón velocíptero de viento, dos de cazaríferos de las cuevas, uno de multimembrado de hielo y uno de misterimorfo de agua. Según mis cálculos, el siguiente en eclosionar será el dragón de agua. Es un tipo de dragón muy peculiar.

—¡Igual que Mondragó! —exclamó Cale—. Él también es un dragón de agua.

—Efectivamente —contestó Antón—. Se llaman misterimorfos porque nunca se sabe qué aspecto tendrán al nacer. Son grandes nadadores y los únicos dragones que no tienen miedo al agua. Una característica muy útil, como tú bien sabes.

Cale recordó las aventuras en las que Mondragó los había salvado de morir ahogados. Sí: tener un dragón de agua era muy ventajoso, a pesar de que el suyo tuviera las alas tan pequeñas que nunca podría volar.

—Me imagino que los huevos de dragón de agua necesitarán estar en algún sitio húmedo, ¿no? —preguntó Casi.

—Así es. Deben estar sumergidos completamente para no secarse —contestó Antón—, y lo más seguro es que no anden muy lejos.

—A lo mejor los han escondido en el río —dijo Cale.

—No creo —contestó Antón—. La corriente es demasiado fuerte y se los llevaría.

—¿Y en el mar Ejada? —preguntó Mayo—. Pueden haberlos metido entre las rocas de la costa. Ahí apenas rompen las olas y no suele ir nadie.

—Eso tiene bastante sentido —dijo Antón—. Deberíais ir a investigar. ¡Pero con mucho cuidado! No quiero que volváis a poneros en peligro. Solo ir y mirar. En cuanto tengáis información, volvéis y pensamos un buen plan.

—De acuerdo —asintió Mayo. Después miró a su amigo Casi—. Esta vez, ¿vas a venir con nosotros?

Casi empezó a moverse intranquilo. A él en realidad no le gustaban mucho las aventuras. Prefería quedarse a perfeccionar sus inventos y cuidar de las crías de dragón, pero no quería que sus amigos pensaran que los iba a abandonar.

—Esto... —empezó a decir Casi.

Antón lo interrumpió.

—Lo cierto es que preferiría que Casi se quedara aquí conmigo y me echara una mano con las crías. Yo tengo mucho trabajo en la dragonería y no quiero que se queden solas ni un minuto —dijo—. ¿Qué te parece, Casi? ¿Podrías ayudarme con eso?

—¡Por supuesto! —exclamó Casi aliviado.

—Pues no se hable más —dijo An-

tón—. Cale, Mayo, Arco, será mejor que os pongáis en camino.

Arco seguía jugando con los dragoncitos. En ese momento saltaba de un lado a otro del establo mientras las crías lo perseguían e intentaban morderle los talones.

—¡Arco! —lo llamó Cale—. Deja de jugar, que tenemos que irnos.

—¡Ah, sí, claro! —contestó Arco. Después brincó ágilmente por encima de la valla y las crías se quedaron mirándolo un poco decepcionadas. ¿Por qué se iba ahora que lo estaban pasando tan bien?—. Bueno, ¿a qué estáis esperando? —preguntó a sus amigos.

Arco atravesó la puerta de la enfermería y se dirigió a las cuadras donde había dejado a su dragón. Sus tres amigos y Antón lo siguieron.

CAPÍTULO 2
UN VIEJO AMIGO

Cuando estaban a unos metros de las cuadras, apareció algo en el cielo que se acercaba a toda velocidad. ¡Iba directo hacia Arco!

—¡Cuidado! —gritó Mayo.

Arco lo vio y consiguió agacharse justo a tiempo.

¡ZUUUM!

El proyectil volador pasó rozándole el casco. Después hizo un giro en el aire y volvió al ataque. Arco miró hacia atrás y sonrió al darse cuenta de que tan solo era una paloma. Levantó la mano y el ave se posó en su brazo.

—¿Qué haces tú aquí? —preguntó Arco. La había reconocido inmediatamente. Era la paloma mensajera de su madre.

Arco sacó el pequeño trozo de pergamino que llevaba la paloma y lo desenrolló. El chico de pronto se puso rojo como un tomate.

—¿Qué ocurre? —preguntó Cale. Arco le enseñó el mensaje y Cale lo leyó en voz alta—: «¡Arco, vuelve INMEDIATAMENTE al castillo a recoger tu habitación! Mamá». —Cale miró a Arco con cara de desaprobación.

—¿Y ahora qué vamos a hacer? —preguntó Mayo.

—No pasa nada —dijo Arco—. Voy a mi castillo, meto todo debajo de la cama y seguro que consigo alcanzaros antes de que lleguéis al mar Ejada.

Antes de que sus amigos pudieran contestar, el chico salió corriendo hacia la cuadra donde estaba su dragón, se subió de un salto a la montura de Flecha y, con un toque de talones, el ágil animal levantó el vuelo rumbo a su castillo.

—¡Hasta ahora! —gritó Arco desde el

aire. En unos minutos desapareció en el cielo.

Cale miró a Mayo.

—Ahora solamente quedamos tú y yo —dijo—. ¿Estás lista?

—Por supuesto —contestó Mayo.

—Tened mucho cuidado —dijo Antón mientras abría las puertas de la cuadra para que pudiera salir el mondramóvil—. Y recordad: no quiero que os pongáis en peligro. Solo vais a echar un vistazo.

Cale se subió al mondramóvil y agitó las riendas. Su inmenso animal, Mondragó, salió trotando con ganas de hacer un poco de ejercicio. Mayo se subió a Bruma y pronto volaba por delante de Cale por el camino que salía de la dragonería en dirección al mar Ejada.

—¡Suerte! —dijo Casi.

Mayo y Cale avanzaban en sus dragones a toda velocidad. ¡No había tiempo que perder! Los ladrones todavía tenían cuatro crías de dragón y quién sabe qué pensaban hacer con ellas. Antón se lo había repetido muchas veces a los chicos: los dragones son animales dóciles, pero en las manos equivocadas pueden convertirse en criaturas muy peligrosas. Todavía no sabían quiénes eran los ladrones ni por qué habían robado los huevos, pero era evidente que sus intenciones no eran buenas. ¡Debían encontrarlos antes de que fuera demasiado tarde!

Cale miró hacia atrás. Ya habían perdido la dragonería de vista. Tiró de las riendas de Mondragó y llamó a su amiga.

—¡Mayo, espera! —dijo.

Mayo hizo que su dragona diera un giro en el aire y aterrizara al lado del mondramóvil.

—¿Qué ocurre? —preguntó.

—Me gustaría hacer algo antes de seguir —dijo Cale—. Esta vez vengo preparado.

Cale apartó una tela de arpillera que llevaba en el mondramóvil y dejó al descubierto su morral y los dos disfraces de planta que habían conseguido quitarles a los ladrones.

—Es hora de consultar a un viejo amigo —dijo Cale rebuscando en su bolsa.

Sacó un libro que tenía la cubierta de cuero y un nombre grabado con letras doradas.

—¡Rídel! —exclamó Mayo—. ¿Cómo no se nos había ocurrido antes?

Rídel era un libro muy especial. Se comunicaba con Cale por medio de extraños acertijos en rima que aparecían misteriosamente en sus páginas. Lo había encontrado en el catillo del exalcalde Wickenburg, un ser diabólico que se dedicaba a talar los árboles parlantes del Bosque de la Niebla para hacer con su madera libros parlantes y así conocer todos los secretos del bosque. Por suerte, los cuatro amigos habían descubierto su perverso plan, y ahora Wickenburg y su hijo Murda, que era igual de cruel y malvado que él, estaban desterrados en la Tierra Sin Dragones. Allí ya no podrían seguir haciendo daño a nadie.

Cale abrió el libro y lo hojeó. Todas las páginas estaban en blanco. Esperó un rato, pero esta vez no apareció ningún mensaje.

—Qué raro —dijo Cale—. ¿Rídel? ¿Estás bien?

—A lo mejor ha perdido sus poderes —contestó Mayo—. Será mejor que lo guardes y sigamos. El mar Ejada está bastante lejos y debemos encontrar a la cría de dragón de agua.

Ridel

Realmente no tenía ningún sentido seguir perdiendo el tiempo con el libro. Cale abrió de nuevo el morral y, justo cuando iba a guardar a Rídel, notó que sus páginas empezaban a temblar. En medio de una de ellas apareció una palabra: «maldad». Después, poco a poco fueron surgiendo más palabras hasta llenar la página y formar una oración completa:

La maldad siempre vuelve
con su trabajo sucio.
Acecha entre otros
en su viejo refugio.

El mensaje permaneció en la página durante unos segundos y después desapareció.

Cale y Mayo esperaron, pero Rídel no volvió a comunicarse con ellos.

Cale apretó los puños con rabia. Solo

dos personas querrían continuar su trabajo sucio en el tranquilo pueblo de Samaradó.

—Cale, ¿crees que se refiere a... —empezó a decir Mayo.

—... Wickenburg y su hijo Murda —completó su frase Cale.

Ambos se miraron con cara de preocupación.

—Deberíamos ir a hablar con Antón —dijo Mayo—. Tiene que movilizar a la gente del pueblo para detenerlos. Nosotros no podemos hacer nada.

—Mayo, sabes que Antón no quiere que nadie se entere de lo que está pasando hasta que vuelva mi padre —contestó Cale. El padre de Cale era el nuevo alcalde de Samaradó y en esos momentos estaba visitando los pueblos vecinos para que la paz siguiera reinando entre ellos. No había manera de comunicarse con él ni de averiguar cuándo volvería—. Antes de regresar a la dragonería, deberíamos ir a investigar y asegurarnos de que Rídel está en lo cierto.

—¿Investigar adónde? —preguntó Mayo.

—A su viejo refugio: el castillo de Wickenburg —dijo Cale.

—¿Te has vuelto loco? —exclamó Mayo alarmada—. ¡El castillo está cerrado y se prohíbe la entrada! Además, nuestra misión es encontrar a la cría de dragón de agua, no meternos en más líos.

—Pero, Mayo —insistió Cale—, la cría de dragón podría estar en el castillo.

—¿Cómo va a haber un dragón de AGUA en el castillo? Allí no hay agua. Eso no tiene ningún sentido —dijo Mayo.

Cale sonrió.

—Sí la hay —dijo—. Hay un foso profundo, el lugar perfecto para esconder un huevo de dragón de agua. Mayo, debemos ir. Echamos un vistazo y, si Rídel tiene razón, volvemos a avisar a Antón. ¿De acuerdo?

Mayo empezó a andar de un lado a otro inquieta. Volver a enfrentarse a Murda y a su padre era lo último que quería hacer. Era demasiado arriesgado, pero por otro lado... ¿qué pasaría si realmente estuvieran ahí? ¿Quién más los iba a descubrir? La curiosidad pudo con ella.

—De acuerdo —accedió—, pero, antes, deberías enviarle tu paloma mensajera a Arco para que sepa dónde estamos.

—Buena idea.

Cale sacó una pluma y un trozo de pergamino de su morral, escribió un mensaje y lo metió en la funda de cuero de la paloma.

—¡Al castillo de Arco! —gritó elevando la paloma hacia el cielo. El animal salió volando inmediatamente.

Cale volvió a agarrar las riendas de Mondragó y las agitó.

—Vamos, Mondragó.

¿Tendría razón Rídel? ¿Habrían vuelto el diabólico Wickenburg y su hijo Murda con peores intenciones que nunca? Solo había una manera de averiguarlo.

CAPÍTULO 3
EL BOSQUE DE LA NIEBLA

La manera más rápida de llegar al castillo de Wickenburg era atravesando el Bosque de la Niebla. Era un lugar siniestro, cubierto por una neblina muy densa que apenas dejaba ver nada. Para entrar, había que atravesar unas enredaderas peligrosas, con flores venenosas y plantas con pinchos que podían desgarrar la piel de cualquiera que las rozara. Allí vivían los árboles parlantes junto con cientos de especies de animales extraños.

Cuando llegaron a la entrada, Mondragó se detuvo y clavó las patas delanteras en la tierra. No estaba dispuesto a dar ni un paso más. Cale agitó las riendas, pero su gran dragón no se movió.

La dragona de Mayo tomó tierra. La chica desmontó y fue a ver qué pasaba.

—Y ahora ¿qué ocurre? —le preguntó a Cale.

—Creo que Mondragó tiene un poco de miedo —contestó—. Seguramente esas plantas le recuerdan lo que pasó ayer con los ladrones, cuando lo agarraron por el morro y le hicieron daño.

Cale se bajó del mondramóvil y se acercó a la cabeza del animal.

—No te preocupes, los árboles parlantes son nuestros amigos y no pienso dejar que te ocurra nada —le dijo acariciándolo.

Después, cogió las riendas y dio unos pasos por delante de Mondragó.

—Cale, los animales saben cuándo acecha el peligro —dijo Mayo—. Deberíamos hacer caso a Mondragó y regresar a la dragonería.

—No vamos a hacer nada peligroso, solo mirar —contestó su amigo—. Vamos.

Sin esperar la respuesta de Mayo, Cale se metió con mucho cuidado entre las plantas con pinchos y tiró delicadamente de las riendas para que Mondragó lo siguiera. El dragón no quería avanzar, pero el chico le fue dando galletitas de dragón y poco a poco se fueron adentrando en el bosque. ¡Sabía que Mondragó haría cualquier cosa por un poco de comida!

Mayo y su dragona los siguieron. Los cuatro avanzaron silenciosamente entre las plantas, mirando a un lado y al otro.

La temperatura había bajado mucho y las densas ramas de los árboles apenas dejaban entrar la luz. Cale sintió un escalofrío al notar que algo extraño estaba sucediendo en el bosque.

—Mayo, ¿oyes algo? —preguntó.

—No, nada —contestó la chica.

—Efectivamente. Yo tampoco oigo nada, ni a los pájaros, ni a los árboles parlantes —dijo Cale—. Esto no es normal. Este lugar siempre está lleno de ruidos.

¿Se habrían escondido los ladrones para tenderles una emboscada?

—¿Todavía sigues pensando que debemos seguir? —insistió Mayo.

De pronto oyeron un crujido como de madera. Parecía que provenía de un pequeño claro donde había un árbol mucho más grande que los demás. Cale sabía que era el Roble Robledo, el árbol más viejo y sabio del bosque. Él y sus amigos lo habían visitado en numerosas ocasiones y el árbol les había contado muchas historias del bosque, siempre interrumpido por los comentarios y bromas de los otros árboles parlantes. En el tronco del árbol se abrieron unos ojos que observaron atentamente a los chicos. Después se oyó otro crujido y sonó una voz profunda.

—Venid, amigos —dijo el Roble Robledo una vez que los reconoció.

Cale y Mayo se acercaron cautelosamente.

—¿Qué está pasando aquí? —le preguntó Cale—. ¿Dónde están los animales? ¿Por qué no hablan los árboles?

El Roble Robledo bajó la mirada con una expresión muy seria. Después de unos segundos que parecieron interminables, contestó.

—Dicen que han vuelto las malas hierbas —dijo.

Cale tragó saliva. El roble parecía estar confirmando lo que les había contado Rídel.

—¿Has visto por aquí a Murda y a Wickenburg? —preguntó.

—No, nadie los ha visto, pero se rumorea que han vuelto —contestó el árbol—. Todos estamos muy preocupados. Los árboles parlantes ya no hablan, y los animales del bosque se han escondido. ¡Tenéis que ayudarnos!

—Roble Robledo, te prometo que no permitiré que nada ni nadie vuelva a talar los árboles —dijo Cale—. Mayo y yo vamos a ir al castillo de Wickenburg a investigar. Si realmente han vuelto,

Antón reunirá a la gente del pueblo para detenerlos.

El árbol esbozó una pequeña sonrisa en su tronco. Sabía que podía contar con ellos. El grupo de amigos ya había conseguido detener a Wickenburg y a su hijo Murda en una ocasión y habían salvado a los árboles parlantes. Esta vez tampoco le fallarían. Sin embargo, Mayo no estaba tan segura de que pudieran cumplir esa promesa.

—Cale, si hay alguien en el castillo, nos verán en cuanto nos acerquemos y pondremos a nuestros dragones en peligro —dijo.

Mayo tenía razón. Si les pasara algo, Cale nunca se lo perdonaría. El muchacho acarició a Mondragó y miró a su alrededor. Le pareció que las hojas de los árboles temblaban. El silencio era abrumador. Todos en el bosque estaban muertos de miedo, pero nadie sabía si realmente habían vuelto Wickenburg y su hijo Murda. Alguien tenía que confirmarlo.

—Esto es lo que vamos a hacer —le dijo Cale a Mayo una vez que tomó una decisión—. Dejaremos a Mondragó y a Bruma aquí. Los árboles los protegerán. Nosotros podemos disfrazarnos con los trajes de planta y acercarnos sin que nos vean.

Mayo dudó. Aunque el plan de dejar a sus dragones escondidos allí era bastante sensato, seguía siendo muy arriesgado. Por otro lado, conocía muy bien a su amigo y sabía que si ella no lo acompañaba, Cale estaría dispuesto a irse solo. No pensaba abandonarlo.

—Está bien —dijo por fin—. Pero solo ir y mirar.

—Solo ir y mirar —prometió Cale poniéndose uno de los disfraces y pasándole el otro a su amiga.

Una vez camuflados con sus trajes de hojas, Cale ató las riendas de Mondragó a una de las ramas del Roble Robledo y

Mayo hizo lo mismo con su dragona.

—Gracias, amigos. Nosotros nos aseguraremos de que vuestros dragones estén a salvo —dijo el Roble Robledo.

—Volveremos muy pronto, no te

preocupes —le dijo Cale a Mondragó. Después miró a Mayo—. ¿Vamos?

—Si no queda otro remedio... —contestó su amiga asomando la cabeza por debajo de la capucha de hojas.

Y así, sin más, Cale y Mayo se alejaron del claro en dirección al castillo de Wickenburg.

Estaban a punto de descubrir si los rumores eran ciertos...

CAPÍTULO 4
EL CASTILLO DE WICKENBURG

Avanzar con el traje de hojas era bastante complicado. Cale tropezaba continuamente y apenas podía ver por los pequeños agujeros de la capucha. ¡Además, las ramas le picaban un montón en la piel! Mayo no parecía tener tantos problemas. Caminaba con decisión esquivando las raíces de los árboles que cubrían el suelo.

Con mucho esfuerzo, consiguieron salir del bosque y continuaron por el camino que daba al castillo de Wickenburg, siempre alerta por si alguien los veía. Pronto llegaron a la gran fortaleza de piedra. Estaba rodeada por una muralla muy alta que impedía ver lo que pasaba en su interior. La puerta de la entrada estaba destrozada y en su lugar había dos tablas anchas de madera clavadas con un cartel que decía PROHIBIDO PASAR. Las maderas estaban bastante separadas y dejaban suficiente espacio por debajo para que se pudieran colar los dos amigos.

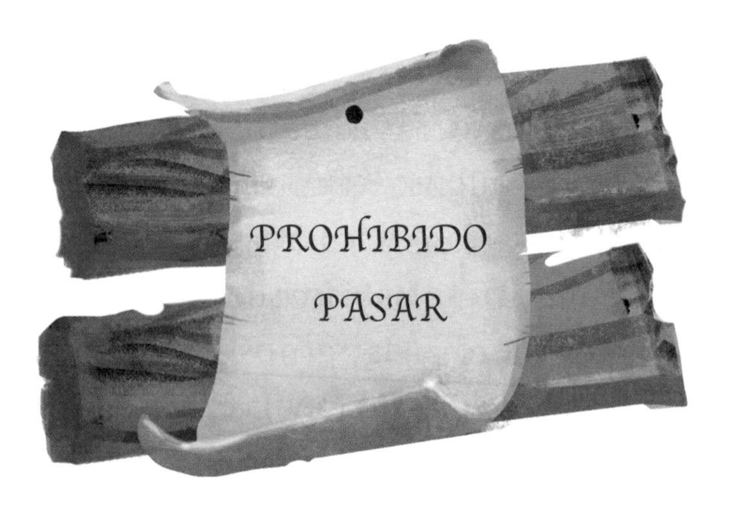

Antes de entrar, Cale se asomó entre las tablas con Mayo detrás de él.

En los jardines del castillo los dos vieron varios árboles grandes, y cerca de uno de ellos, unos arbustos ¡que se estaban moviendo! Agitaban las ramas animadamente como si estuvieran charlando. Un poco más lejos, encima del puente que daba a la puerta principal del castillo, había más arbustos mirando hacia el foso.

—¡Lo sabía! —exclamó Cale—. ¡Aquí se esconde la banda de ladrones!

—¡Baja la voz! —le susurró Mayo—. ¡Nos pueden oír!

En ese momento, un arbusto que estaba en el puente apuntó con una de sus ramas al foso y los otros se acercaron. Parecía que había visto algo. El arbusto empezó a dar gritos, pero Cale estaba muy lejos y no podía entender lo que estaba diciendo. Los tres que estaban charlando oyeron los gritos y se acercaron a ver lo que pasaba. Cuando llegaron a donde estaban sus compañeros, todos empezaron a moverse agitados. Algunos señalaban al foso y otros miraban hacia la puerta del castillo.

—¿Qué habrán visto? —preguntó Cale.

—A lo mejor tenías razón y han escondido el huevo de dragón de agua en el foso. ¡Puede que le haya pasado algo a la cría! —dijo Mayo.

—Deberíamos ir a la dragonería a avisar a Antón —dijo Cale. Ya habían logrado su objetivo y era hora de regresar.

—¡NO! —contestó Mayo tajantemente.

Cale miró a su amiga. ¿No? ¿Había dicho que no? ¡Si era ella la que había insistido en que solo iban a echar un vistazo!

El chico se dio cuenta de lo que estaba pasando. Mayo siempre era muy responsable y obediente, pero cuando un animal se encontraba en peligro, era capaz de saltarse las normas sin pensar en las consecuencias.

—Mayo, no podemos meternos ahí con todos esos ladrones. Nos capturarían, y dudo que saliéramos con vida —intentó hacerle razonar Cale.

—Lo que no podemos hacer es dejar al dragoncito en manos de esa gente y que le hagan daño —contestó Mayo—. Vamos.

Desde luego, su amiga había perdido la cabeza. Cale no sabía cómo convencerla de que tenían que irse de allí cuanto antes. Ahora era él el que tenía miedo. Ellos solos no podrían hacer nada contra toda esa banda de delincuentes.

Mayo, sin dejar que Cale dijera ni

una palabra más, se tiró al suelo y empezó a arrastrarse por la tierra para pasar por debajo de las tablas que bloqueaban la entrada.

El chico tomó aire y la siguió.

Una vez que entraron en la fortaleza, los dos se escondieron detrás de un árbol para volver a estudiar la situación.

Ahora había muchas más personas en el puente. Una de ellas llevaba un palo con una red en un extremo. Se abrió paso entre la multitud y miró al foso. Después se arrodilló en el suelo de madera y metió la red en el agua. Sus compañeros se aglomeraban a su alrededor y le lanzaban gritos de ánimo. Algunos se reían cuando conseguía atrapar algo con la red, pero al levantarla, su presa se retorcía y volvía a caer al agua. ¡PLAS!

—¡Seguro que es la cría de dragón! —susurró Mayo.

Los dos amigos estaban tan distraídos viendo la escena que no se dieron cuenta de que alguien se había acercado por detrás.

De pronto, Cale notó una mano en el hombro. Se quedó completamente inmóvil.

—¿Qué hacéis aquí? —dijo una voz.

CAPÍTULO 5
¡ATRAPADOS!

Cale y Mayo se dieron la vuelta lentamente para enfrentarse a la persona que los había descubierto. Se encontraron cara a cara con un chico flaco y alto, de unos quince años de edad. Llevaba un traje de hojas amarillas, pero se había quitado la capucha, dejando la cabeza al descubierto. Tenía las sienes rapadas y una cresta de pelo castaño y enmarañado en la parte superior de la cabeza. Sus ojos azules despedían un brillo intenso y observaban a los chicos con cara de pocos amigos.

Cale intentó hablar, pero le temblaban las piernas y las palabras se le quedaron atascadas en la garganta. Mayo tampoco se atrevía a moverse.

¡Tenían que haberse ido! ¡Deberían haber vuelto a la dragonería a pedir refuerzos! Cale no quería ni imaginarse lo que haría Murda con ellos cuando los viera. El perverso chico había jurado venganza y esta vez no dejaría que se le escaparan de las manos. ¿Cómo iban a salir de esta?

Cale recordó que le había enviado una paloma mensajera a Arco y se preguntó si su amigo acudiría a ayudarlos. ¿Y si no los encontraba? ¿Cómo iba a enterarse Arco de que los habían atrapado?

Al ver que no reaccionaban, el chico de los ojos azules dio un paso adelante y gritó:

—¡BU! —Después soltó una carcajada cuando Cale y Mayo retrocedieron sobresaltados y chocaron contra el tronco del árbol—. ¡JA, JA, JA! ¡Estáis temblando como conejillos asustados! —se mofó.

Cale miró de reojo a Mayo. Su amiga se había puesto en tensión y parecía que se estaba preparando para atacar al chico en cualquier momento. Seguramente entre los dos podrían con él. Cale apretó los puños con fuerza por debajo de su disfraz.

—Como el Profesor se entere de que habéis salido de la fortaleza sin su permiso, os meterá en las mazmorras —continuó el chico.

A pesar de la amenaza, Cale respiró aliviado. ¡Los había tomado por uno de ellos! Pero ¿quién era el Profesor?

—¿Qué quieres a cambio de tu silencio? —se atrevió a decir con voz temblorosa.

El chico agarró a Cale por la pechera del disfraz y lo acercó a su cara. Cale notó su aliento fétido y tuvo que hacer un verdadero esfuerzo para reprimir una arcada.

—¿Por quién me has tomado, chaval? —espetó—. ¿Por un sucio chivato?

—No, yo, es que... —balbuceó Cale.

—Yo estoy igual que vosotros —dijo el chico soltándolo con rabia y haciendo que Cale se desplomara en el suelo—. Si pudiera, me largaría de este lugar apestoso. Nadie puede sobrevivir con medio mendrugo de pan al día. Como no consigamos pronto...

Unos alaridos salvajes que provenían del puente le interrumpieron. La persona que había metido el palo en el foso ahora levantaba la red en alto y la agitaba como si fuera una bandera. Dentro había una criatura que se movía y gemía desesperadamente. El resto del grupo daba gritos de júbilo y levantaba los brazos.

Unos segundos más tarde, el que llevaba el botín se metió en el castillo sin dejar de zarandear la red, y el grupo lo siguió.

—¡JA! Pues parece que hoy sí va a haber cena —dijo el chico—. Vamos a ver qué han pescado esos —añadió agarrando a Cale por el brazo y obligándolo a ponerse de pie. Después se colocó detrás de Mayo y Cale y les puso las manos en la espalda para que emprendieran la marcha.

Los dos amigos intercambiaron una mirada mientras avanzaban procurando que su disfraz no se moviera y revelara su identidad.

«Esto no va a acabar bien —pensó Cale—. Nada bien.»

Cuando llegaron al puente del castillo, Mayo se asomó al foso y vio unas cáscaras blancas con manchas marrones flotando en el agua. ¡Eran los restos del huevo de dragón de agua!

—¡No! —gritó.

—¿Qué pasa? —preguntó el chico volviendo a agarrarla del brazo—. ¿Es que pensabas que te iban a esperar para comer? ¡JA, JA!

Mayo estaba furiosa. ¿Acaso planeaban comerse al dragoncito? ¿Era esa la razón por la que habían robado los huevos?

—¡No me toques! —gritó retirando el brazo con fuerza para librarse del muchacho.

«Lo que nos faltaba —pensó Cale—, que Mayo ahora se pelee con el matón este...»

El chico dudó unos segundos. Observó a Mayo y después miró hacia la puerta abierta del castillo. Dentro se oía un gran bullicio. Con una mirada de desprecio, se puso detrás de ella.

—Adentro —dijo—. Aquí no hay nada más que ver.

Los dos amigos cruzaron la puerta del castillo. Nada más atravesarla, se toparon con una chica morena que, al igual que su compañero, estaba muy flaca y tenía el pelo sucio y con greñas.

—¿Queda alguien más afuera, Mofeta? —preguntó la chica.

—No —contestó el muchacho—. Estos eran los últimos.

—Pues daos prisa, que el Profesor está a punto de llegar —replicó ella.

—Oye, bicho palo, tú a mí no me das órdenes —le espetó Mofeta.

—¿Ah, no? Pues la próxima vez que llegues tarde te juro que cerraré la puerta y no te dejaré entrar —respondió la chica.

—Eso ya lo veremos —le retó Mofeta.

«¿Mofeta? ¿Se llama Mofeta? —pensó Cale—. Desde luego, el nombre le va que ni pintado.»

La chica cerró las dos hojas de madera

maciza de la puerta y las trancó deslizando tres grandes pestillos de hierro. CLAC. CLAC. CLAC. Después apoyó la espalda en la puerta para bloquear la salida y se cruzó de brazos mientras observaba a los recién llegados, que se alejaban con Mofeta. ¡Estaban atrapados!

Mofeta llevó a Mayo y Cale por un pasillo estrecho que daba a un patio central abierto al exterior. Alrededor del patio había dos pisos bordeados con arcos de piedra.

El lugar parecía una verdadera pocilga. Había restos de comida medio podrida, ramas cortadas y montones de huesos apilados por las esquinas.

«¿Serán huesos de dragón?», se preguntó Cale.

Por todas partes había chicos y chicas de su edad. Algunos todavía llevaban puesto su disfraz de planta, mientras que otros vestían ropas andrajosas y llenas de agujeros que dejaban asomar sus cuerpos desnutridos. Se gruñían y se empujaban unos a otros como si fueran animales salvajes. Todos llevaban una imagen pintada en la espalda o en los brazos: un dragón-serpiente de color verde dentro de un círculo rojo y amarillo. Era el mismo tatuaje que tenía el chico con el que Cale se había peleado el día anterior, pero juraría que había visto ese dibujo en algún otro lugar.

En el piso de arriba, algunos chicos se asomaban entre las columnas para observar a un grupo que se había aglomerado en el centro de la plaza.

—¡Apártate! —le dijo Mofeta a uno de los muchachos que estaba en la parte exterior del círculo. Como no se movía, Mofeta lo agarró por el cuello y lo tiró al suelo. Los que estaban a su lado mascullaron algo, pero ninguno se atrevió a enfrentarse a él.

Mofeta se abrió paso entre ellos, con Mayo y Cale detrás.

En medio del grupo de chicos salvajes, los dos amigos confirmaron sus peores sospechas. Allí, en el suelo, se encontraba una pequeña cría de dragón. Era de color marrón y tenía los ojos muy grandes, la cola larga y unas alas ridículamente pequeñas para su tamaño. Las cortas patas apenas podían soportar el peso de su cuerpo y se tambaleaba de un lado a otro intentando mantener el equilibrio. Con mucho esfuerzo, la cría consiguió ponerse de pie y se acercó dando gemidos a uno de los chicos, pero este le pegó una patada e hizo que el dragón saliera rodando por el suelo de piedra. El grupo de chicos salvajes comenzó a reírse a carcajadas. La cría chocó contra un pozo que estaba en el centro de la plaza y se quedó tumbada, temblando.

—Vaya porquería de dragón —se burló uno.

—No sirve para nada —comentó otro.

Mofeta se acercó al dragón recién nacido, lo agarró por las alas y lo levantó en el aire. La cría gimió de dolor.

—¿Qué hacemos con esto? —preguntó.

—¡Tíralo al pozo! —gritó una chica.

—¡A la olla! —exclamó alguien desde los arcos del segundo piso.

—¡A la olla! ¡A la olla! —repitieron todos levantando los puños.

Mayo aguantó la respiración. ¡Lo iban a matar! ¡Tenían que hacer algo para impedirlo!

Cale sabía que su amiga estaba a punto de hacer una locura. Se acercó a ella y le dijo al oído:

—Por favor, no hagas ninguna tontería.

Después, el chico miró a su alrededor para estudiar la situación. Debajo de uno de los arcos vio los restos de una fogata humeante sobre la que descansaban unos pucheros quemados con una costra negra en su interior. Cerca de las brasas había un montón de palos y hojas secas.

«A lo mejor podemos atacarlos con esos palos», pensó Cale. Intentó hacer un cálculo de cuántos eran. En el piso de abajo debía de haber unos veinte chicos, y en el de arriba, unos quince más. ¡Eran demasiados! Tenía que pensar otro plan.

—¡Acaba con él de una vez! —se oyó una voz desde el piso de arriba.

Cale levantó la vista y no pudo reprimir un grito al ver algo por encima de uno de los torreones.

CAPÍTULO 6
¡PELIGRO INMINENTE!

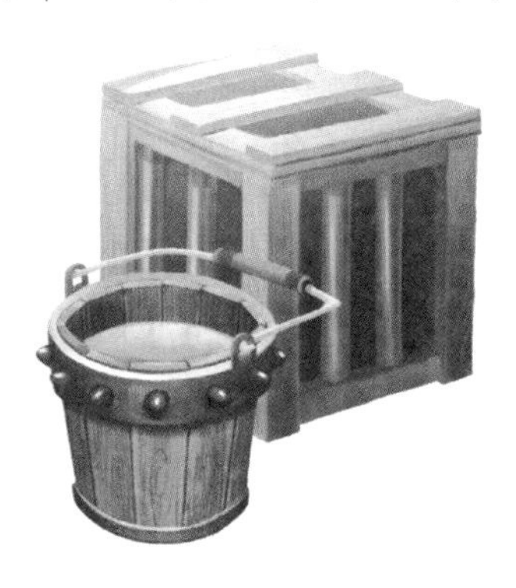

Un dragón amarillo volaba haciendo círculos por encima del patio del castillo con sus grandes alas extendidas. En la montura que tenía en el lomo iba sentado un joven con un casco de caballero que observaba lo que estaba pasando abajo.

¡Era Arco! ¡Su amigo había acudido en su ayuda!

—No mires hacia arriba —le susurró Cale a Mayo—, pero Arco está aquí.

Instintivamente, Mayo levantó la vista y soltó un grito de sorpresa. Uno de los chicos que estaba a su lado la oyó y miró en la misma dirección para ver qué había descubierto.

—¡PELIGRO! ¡INTRUSOS! —gritó el chico.

En unos segundos, el lugar se convirtió en un verdadero caos.

—¡ALARMA! —exclamó otro.

—¡TODOS A SUS PUESTOS! —ordenó alguien desde un torreón.

El grupo que estaba en la plaza se dispersó. Los chicos corrían desesperados a esconderse bajo los arcos del primer piso. Se movían en todas direcciones, empujándose unos a otros y buscando un lugar donde refugiarse. Cuando alguno se caía al suelo, los demás le pasaban por encima y lo pisaban sin ninguna compasión. Los gritos de alarma continuaron.

—¡A CUBIERTO! ¡TODOS A CUBIERTO!

Una chica que corría apresurada se tropezó con otra que estaba detrás de una columna y ambas rodaron por el suelo. En lugar de levantarse, la segunda enganchó a la primera por el pelo y esta se defendió arañándole la cara como si fuera una gata salvaje.

Mofeta las vio.

—¿Qué hacéis? —retronó—. ¡Vamos, levantaos!

Las chicas siguieron enzarzadas en su pelea e ignoraron la orden. Mofeta tiró al suelo con rabia a la cría de dragón y se dirigió hacia ellas dando grandes zancadas.

¡Era el momento que Cale estaba esperando!

—¡Rápido, coge al dragón! —le dijo a Mayo—. Yo te cubriré.

Mientras Mofeta intentaba separar a

las chicas, Mayo se acercó a la cría de dragón y se arrodilló a su lado. El pobre animal estaba temblando de miedo cerca del pozo. La muchacha intentó calmarlo.

—Ven, no te haré daño —le susurró.

Con mucho cuidado, acercó una mano y le acarició la cabeza. La cría retrocedió asustada con una expresión de terror en los ojos.

Cale se puso delante de Mayo, con los puños en alto, listo para defenderla si

alguien la descubría. Observó a Mofeta que seguía intentando separar a las chicas. Después miró a su alrededor. La mayoría de los chicos se había metido en las salas que había detrás de los arcos. Ahora, Mayo y él eran los únicos que quedaban en el patio. En el segundo piso, un grupo se preparaba para el ataque. Entre varios empujaban hasta el borde de los arcos unas catapultas rudimentarias mientras que otros cargaban pedruscos y los apilaban cerca de las estructuras de madera.

—¡CARGUEN! —gritó una voz.

¡Iban a atacar a Arco!

¡Cale tenía que avisarle! Pero ¿cómo iba a hacerlo sin que lo vieran? Buscó a Flecha en el cielo y esta vez no vio al dragón. ¿Dónde se habría metido? Esperaba que su amigo se hubiera dado cuenta del ataque inminente y estuviera escondido en algún lugar.

No fue así.

De pronto, Arco y su dragón aparecieron por detrás de una nube. Flecha se acercaba a toda velocidad mientras su dueño agitaba las riendas con fuerza y le daba con los talones en los costados. El dragón bajaba en picado, apuntando con la cabeza al centro del patio. ¡Se disponían a tomar tierra!

—APUNTEN...

En cada catapulta, dos chicos bajaban la tabla flexible de madera con el pedrusco en un extremo mientras otro movía la estructura para apuntar al dragón. ¡Estaban a punto de disparar!

Mientras tanto, Mayo seguía intentando ganarse la confianza del dragoncito. Poco a poco consiguió ponerle la mano encima del lomo. Esta vez la cría no se resistió y ella aprovechó para tomarla entre sus brazos.

—¡La tengo! —dijo abrazando al dragón. Después lo escondió debajo de su disfraz de hojas.

—¡FUEGO!

¡FASSSSSS!

Una lluvia de pedruscos salió disparada hacia Arco y su dragón. Al darse

cuenta de lo que estaba pasando, el chico tiró de las riendas con fuerza, haciendo que Flecha diera un giro en el aire y se elevara a toda velocidad. ¡Demasiado tarde! Una piedra alcanzó al dragón en la grupa y Flecha lanzó un rugido de dolor.

¡GRRRR!

—¡NO! —exclamó Arco. Su dragón había dejado de aletear y estaba perdiendo altura.

—¡Flecha está herido! —gritó Cale.

Mayo no podía mirar. La cría se había asustado con el ruido e intentaba escaparse.

Cale vio como Arco sacaba su tirachinas y se defendía lanzando piedras. Acertó a uno de los chicos en la mano y este se retiró al interior de la sala que tenía cerca. Otro ocupó su lugar inmediatamente.

Flecha se recuperó rápidamente y

reinició el ascenso. Parecía que la lesión no había sido demasiado grave. Por suerte, los otros pedruscos no lo alcanzaron. Cuando llegaban al punto más alto, se quedaban suspendidos en el aire durante una fracción de segundo y después descendían por la fuerza de la gravedad hacia el patio.

PAF, PAF, PAF, sonaban al rebotar contra el suelo de piedra cerca de donde estaban Cale y Mayo.

Cale respiró aliviado. Su amigo había conseguido escapar.

—¡Tenemos que salir de aquí! —le dijo a Mayo—. ¡Vamos!

Mayo estaba arrodillada cerca del pozo con la cría de dragón bajo su disfraz.

Cale la ayudó a levantarse y ambos cruzaron el patio. Su amiga no podía ir muy rápido porque la cría seguía gimiendo y retorciéndose. Mayo la sujetaba con fuerza para que no se escapara.

Los dos amigos consiguieron llegar a la entrada del pasillo por donde habían llegado. Cuando estaban a punto de meterse, ¡Mofeta los vio!

—¡Alto! —gritó Mofeta—. ¿Adónde vais?

Cale y Mayo se metieron por el pasillo. El ruido de sus pisadas resonaba en las paredes de piedra y se mezclaba con los gritos que venían del patio.

—¡CARGUEN! —repitió la voz.

Las catapultas se preparaban para un nuevo ataque.

Al fondo del pasillo vieron a la chica morena que seguía vigilando la puerta. Los había oído llegar y miraba en su dirección con las manos en las caderas. Por suerte, Cale y Mayo llevaban el disfraz de hojas y la chica todavía no sabía que no eran parte de la banda de ladrones.

—¡ALTO! —ordenó la chica—. ¡No deis ni un paso más!

—¿Cómo vamos a salir de aquí? —le preguntó Mayo a su amigo.

—¡A la fuerza! —contestó Cale.

CAPÍTULO 7
LA PERSECUCIÓN

Cale siguió corriendo y, cuando estaba a pocos metros de la chica, bajó la cabeza ¡y la embistió en el estómago! La chica salió disparada hacia atrás y Cale se cayó encima de ella.

—¡Abre la puerta! —le gritó Cale a Mayo.

POC, POC, POC...

Unas pisadas se acercaban por el pasillo. ¡Era Mofeta!

Mayo caminó hacia la puerta e intentó mover uno de los pestillos con una mano mientras que con la otra sujetaba a la cría de dragón. ¡El pestillo no se movía!

—¡Date prisa! —gritó Cale mientras la chica se retorcía bajo su peso.

—¡Está atascado! —exclamó Mayo, que intentaba desesperadamente correr la barra de hierro.

Por fin, el primer pestillo cedió. CLAC. Ya solo quedaban dos.

POC, POC, POC. Las pisadas se oían cada vez más cerca.

Mayo apretó los dientes y empujó con todas sus fuerzas el segundo pestillo. CLAC. Consiguió abrirlo y después el otro. CLAC. ¡Por fin!

Inmediatamente, abrió una de las hojas de la puerta y la atravesó. Cale se levantó y fue detrás de ella.

—¡ALTO! —gritó Mofeta.

—¡Corre! —animó Cale a Mayo.

Los dos amigos cruzaron el puente y continuaron su huida por los jardines del castillo. Mofeta los seguía e iba acortando la distancia.

—¡Os lo advertí! —gritó la chica, que ya se había recuperado y los miraba desde la entrada—. ¡No os pienso volver a dejar entrar!

Después pegó un gran portazo y trancó la puerta con rabia.

¡POM!

Cale y Mayo no se detuvieron. Llegaron hasta los tablones que bloqueaban la salida y se lanzaron al suelo para pasar por debajo. Mofeta hizo lo mismo unos segundos después.

Cuando consiguieron pasar al otro lado y salir de la fortaleza, se llevaron una gran sorpresa: ¡los dragones de Cale y de Mayo estaban esperándolos!

Mondragó miraba a los recién llegados con la cabeza ladeada y Bruma movía las alas inquieta, lista para alzar el vuelo.

—¡Mondragó! —gritó Cale corriendo hacia su fiel animal.

¿Cómo habrían llegado hasta allí? ¿Les habría pasado algo a los árboles del Bosque de la Niebla? Eso tendrían que averiguarlo más tarde. Ahora lo importante era alejarse de aquel lugar.

Cale sonrió aliviado mientras se acercaba a Mondragó. Su dragón le iba a

salvar la vida una vez más. Extendió los brazos y se preparó para subir al mondramóvil de un salto; sin embargo, el animal no reconoció a su dueño bajo el disfraz de hojas. Al ver a aquel extraño ser verde que se dirigía hacia él, retrocedió asustado y huyó en dirección contraria arrastrando el mondramóvil por detrás. Bruma batió las alas y se elevó en el aire.

—¡NO! ¡Espera! —gritó Cale quitándose la capucha—. ¡Soy yo!

¡No sirvió de nada! Mondragó y Bruma ya se habían metido entre los árboles del bosque y desaparecieron de la vista.

Cale intentó seguirlos, pero estaba agotado y las piernas no le respondían. Se detuvo un segundo para recuperar el aliento mientras Mayo seguía corriendo por delante de él.

¡Un grave error! Mofeta aprovechó la oportunidad, se acercó velozmente ¡y se lanzó encima de Cale! Después le puso las rodillas en la espalda y le apretó la cara contra la tierra. Cale movía las piernas desesperado. Sus esfuerzos eran inútiles. Mofeta lo tenía completamente inmovilizado.

—¡Traidor! —gritó Mofeta levantando el puño para golpearlo.

Mayo oyó los gritos y se dio la vuelta. Vio que su amigo se encontraba en apuros. ¿Cómo podía ayudarlo? Si soltaba a la cría, el dragón se escaparía, y si no lo ayudaba, Mofeta acabaría con él.

Cale seguía luchando por su vida. Tenía la boca llena de tierra ¡y estaba a punto de ahogarse! Haciendo un esfuerzo sobrehumano, consiguió mover un poco el cuerpo y puso la cabeza de

lado. Desde donde estaba consiguió ver a Mayo y notó su indecisión. Escupió la tierra que tenía en la boca y gritó:

—¡Vete! ¡Salva al dragón!

Mayo dudó. No, no podía abandonar a su amigo. Buscó a su alrededor un palo o algo que pudiera servirle para atacar al chico. Lo único que tenía cerca eran unas ramas finas y algunas piedras pequeñas.

«¿Qué hago? ¿QUÉ HAGO?», se preguntó.

La respuesta apareció en el cielo.

¡ZUUUM! Se oyó un ruido entre las nubes.

Mayo levantó la vista y vio un dragón amarillo que se acercaba volando como una bala. ¡No podía ser otro que Flecha! ¡Su amigo había vuelto!

Rápidamente, Mayo se quitó el disfraz de hojas y movió el brazo que tenía libre para llamar su atención.

—¡Arco! ¡Aquí! —llamó.

El muchacho la localizó y la saludó con la mano.

—¿Qué pasa? —dijo sonriendo.

—¡Rápido! ¡Ayuda a Cale! —gritó Mayo, y señaló a Mofeta, que seguía aplastando a su amigo contra el suelo.

La sonrisa de Arco se desvaneció al darse cuenta de lo que estaba pasando.

—¡Arco al rescate! —exclamó el muchacho agitando las riendas para que su dragón saliera disparado hacia ellos.

Su dragón hizo un vuelo rasante. Cuando pasó por encima de los dos chicos, Arco se sujetó en la montura con una mano y alargó la otra para intentar agarrar a Mofeta, pero este se echó hacia un lado y esquivó la mano de Arco.

—Acércate de nuevo y acabo con él —amenazó Mofeta agarrando a Cale por el pelo y tirando hacia atrás. El chico gimió de dolor.

A Arco no le impresionaban sus amenazas. Dejó que Flecha siguiera volando y después tiró de las riendas para que el dragón hiciera un círculo en el aire y se elevara.

—Eso ya lo veremos —respondió.

Arco apoyó el pecho en el cuello de su dragón, le clavó los talones y gritó:

—¡Ahora!

Flecha pegó las alas a los costados y apuntó con la cabeza a Mofeta. Empezó a bajar en picado directo a su enemigo.

Mayo los miraba asustada. Un movimiento en falso y Mofeta acabaría con Cale.

¡ZUUUM!

Cuando Flecha estaba a punto de llegar a su objetivo, Arco tiró de las riendas haciendo que su dragón sacara las garras hacia delante.

Instintivamente, Mofeta levantó las manos para defenderse de las uñas afiladas del dragón, que se acercaban a su cara.

—¡Atrápalo! —ordenó Arco.

Flecha abrió las garras, enganchó a Mofeta por los brazos y lo elevó por los aires. Mofeta gritaba e intentaba escaparse, pero el dragón lo tenía bien enganchado y no pensaba soltarlo.

Mayo corrió hasta Cale y lo ayudó a levantarse.

—¿Estás bien? —preguntó.

—Sí, creo que sí —contestó el chico respirando hondo y llenándose los pulmones de aire. Un poco más y no lo habría contado.

—¡Buen trabajo, Arco! —gritó Mayo mirando hacia arriba.

Flecha movía las alas con fuerza, aguantando el peso extra que llevaba en las garras. Arco se asomó desde la montura para observar de cerca al chico que acababan de atrapar.

—Oye, ¿y este tío tan feo quién es? —preguntó.

—Después te lo contamos —dijo Mayo—. Ahora tenemos que encontrar a Mondragó y a Bruma y llevar a la cría a la dragonería.

—¿Pero qué hago con él? —preguntó Arco.

Cale dudó. ¿Debían soltar a Mofeta y dejar que volviera al castillo? ¿Qué pasaría si reunía a la banda de ladrones y salían a buscarlos? Miró en dirección a la fortaleza. No parecía que nadie más los hubiera seguido. Recordó a los chicos salvajes que habían ocupado la fortaleza. No se comportaban como si fueran un grupo de amigos unido. Lo más seguro era que ninguno de ellos echara de menos a Mofeta. La única que los había visto salir era la chica de la entrada y parecía muy contenta de haberse librado de él.

«Seguramente no dirá nada para que no la culpen por habernos dejado escapar», pensó Cale.

—Llévalo a la dragonería —contestó finalmente Cale—. Nos resultará útil.

—¡No! ¡Suéltame o me las pagarás! —amenazó Mofeta.

—Ooooh, qué miedo. Mira cómo tiemblo —se burló Arco. Después miró a Cale—. Va a ser muy difícil volar entre los árboles con este colgando. Será mejor que rodeemos el Bosque de la Niebla y vayamos por otro lado.

—¡Pero Bruma y Mondragó se han metido en el bosque y tenemos que encontrarlos! —dijo Mayo.

—Mayo tiene razón —dijo Cale—. Arco, será mejor que tú lleves a Mofeta dando un rodeo mientras nosotros vamos al bosque a buscar a nuestros dragones. Nos vemos en la dragonería. ¡Pero no dejes que se escape!

—Tranqui —contestó Arco—. Será como llevar un saco de patatas.

Arco le dio la orden a su dragón y salieron volando en una dirección, mientras que Cale y Mayo se dirigieron a la entrada del bosque.

CAPÍTULO 8
DE VUELTA A LA DRAGONERÍA

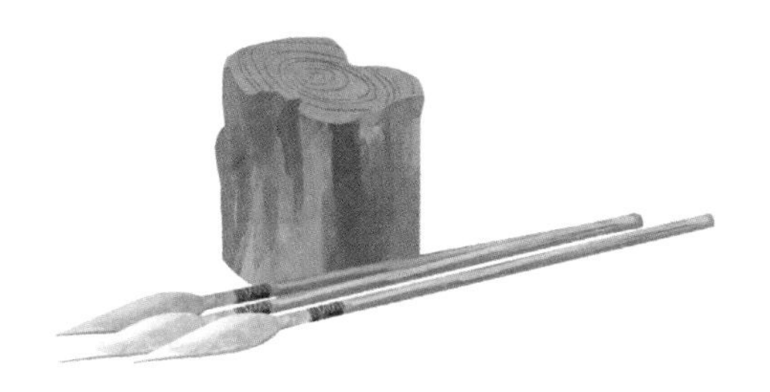

En cuanto se adentraron en el bosque, una vez más los envolvió la neblina densa y fría.

Mayo y Cale se preguntaban dónde estarían sus dragones mientras avanzaban entre las enredaderas que colgaban de las ramas de los árboles y las raíces que se asomaban en la tierra. Con un poco de suerte no se habrían ido muy lejos.

La cría de dragón de agua estaba agotada y se había quedado dormida en los brazos de Mayo. Cale sonrió al verla y acercó la mano para acariciarle la cabeza.

—¡Lo hemos conseguido! —dijo—. Hemos salvado a este pobre dragón.

—Sí, supongo... —contestó ella cabizbaja.

Cale observó a su amiga. Parecía preocupada.

—¿Qué te pasa? —preguntó.

Mayo se detuvo y observó al dragoncito. Después levantó la mirada. Tenía los ojos húmedos.

—Cale, Mofeta podía haberte matado y yo no he hecho nada para impedirlo —confesó—. Espero que me perdones. No he sido muy valiente. No he sido una buena amiga...

Cale se quedó sorprendido al oír sus palabras. ¿Cómo podía sentirse culpable? Mayo se había quedado a su lado en todo momento, y estaba convencido de que si no hubiera aparecido Arco, ella habría hecho lo que fuera para salvarlo.

—Por favor, Mayo, no vuelvas a decir eso. Eres la mejor amiga que nadie pueda tener y una de las personas más valientes que he conocido en mi vida —dijo Cale poniéndole la mano en el hombro—. Tú fuiste la que decidió arriesgarlo todo para salvar al dragón.

Si no hubiera sido por ti, esta cría ahora no estaría viva.

—Si tú lo dices... —contestó Mayo un poco aliviada después de haber compartido sus sentimientos.

—Por supuesto que lo digo yo —dijo Cale—. Venga, ahora tenemos que encontrar a nuestros dragones, volver a la dragonería ¡y darnos un buen banquete para celebrarlo! ¿No tienes hambre?

—Sí, muchísima —dijo Mayo sonriendo.

Los dos amigos continuaron la marcha. Entre unos árboles muy altos, Cale distinguió dos siluetas que le resultaban muy familiares. ¡Eran Mondragó y Bruma! Estaban descansando al lado del Roble Robledo.

—¡Ahí están! —gritó.

Cale y Mayo corrieron hacia ellos.

—¡Mondragó! —lo llamó Cale.

Esta vez su dragón sí lo reconoció.

Movió la cola y salió a recibirlo. Cale le acarició la cabeza y vio que las riendas estaban rotas. Una tira de cuero se había quedado enganchada en una rama del gran roble.

Cale se acercó al gran árbol y este abrió sus pequeños ojos en el tronco agrietado.

—Intenté detenerlo —dijo el Roble Robledo—, pero es un animal muy testarudo y no dejó de tirar hasta que se soltó.

—No te preocupes —contestó Cale—. Lo importante es que no les ha pasado nada. Gracias por intentarlo.

El Roble Robledo observó al chico con semblante serio.

—¿Habéis visto a Murda y a Wickenburg? —preguntó.

En ese momento, Cale se dio cuenta de que en realidad no habían encontrado ni rastro de ellos. Nadie los había mencionado, y el misterioso dibujo que llevaban los chicos salvajes en la espalda no se parecía al escudo de los Wickenburg. ¿Estarían todos equivocados y no habían regresado para vengarse? Entonces, ¿de dónde habían salido esos chicos? ¿Quién estaba al mando de la banda? Recordó que la chica de la entrada había nombrado al Profesor. ¿Quién era ese Profesor? ¿Y por qué todos tenían que estar dentro del castillo para recibirlo?

Cale estaba confundido. Ahora tenía muchísimas más preguntas que antes.

—No, no los hemos visto —reconoció sin querer dar más explicaciones para no alarmar al viejo roble—. Ahora debemos seguir e informar a Antón de lo que ha pasado. Gracias otra vez.

—Tened mucho cuidado —dijo el Roble Robledo.

Cale desenganchó la tira de cuero de

la rama y la anudó al extremo de las riendas. Después se subió al mondramóvil y le dio una orden a Mondragó para que se pusiera en movimiento.

Mayo se sentó en la montura de su dragona con la cría en los brazos y alzó el vuelo detrás de su amigo. Había llegado el momento de llevar a la cría a un lugar seguro donde nadie más pudiera hacerle daño.

En cuanto llegaron a la dragonería, Cale gritó:

—¡Hola! ¿Hay alguien aquí?

El dragonero y Casi asomaron la cabeza por la puerta de la enfermería donde guardaban a los pequeños dragones.

Antón se quedó boquiabierto cuando vio que Mayo llevaba a la cría de dragón.

—¡La habéis encontrado! —exclamó el dragonero.

Mayo hizo que su dragona tomara tierra. Después, se bajó de la montura y le pasó el dragoncito a Antón.

El hombre no salía de su asombro.

—¡Es la cría de dragón de agua! —dijo Casi acercándose a verla—. Seguro que está hambrienta. Deberíamos meterla en la enfermería con las otras.

—Sí, buena idea —dijo Antón.

Mayo y Cale siguieron a Casi y al

dragonero y entraron con sus dragones en el edificio de madera. Antón se metió en un establo donde había un gran pilón lleno de agua. En el compartimento de al lado estaban las otras crías, que miraban con curiosidad al recién llegado.

—Aquí se encontrará como en casa —dijo examinando al animal. El dragoncito estaba temblando—. Está muy asustado, pero no parece estar herido.

Cuando terminó de comprobar que estaba bien, lo depositó con mucho cuidado en el suelo del establo.

Los dos dragones rojos se acercaron a la valla a olerlo, mientras el dragoncito compactiforme lo observaba tímidamente desde una esquina.

Al pequeño dragón de agua no parecía importarle la presencia de los otros animales. Con mucho esfuerzo, se puso de pie y avanzó dando tumbos hacia el pilón. Después puso las patas delanteras en el borde, se impulsó con las patas traseras ¡y se metió dentro!

¡PLAS!

La cría metió la cabeza bajo el agua y empezó a hacer burbujas sin dejar de mover la cola.

—¡Es un verdadero dragón de agua! —se rio Antón.

Mondragó vio al dragoncito y empezó a mover la cola muy contento. ¡Él también quería bañarse! Empujó a Cale con la cabeza, se abrió paso entre sus amigos y el dragonero ¡y metió las patas delanteras en el pilón para jugar con la cría!

¡PLAS! ¡PLAS! ¡PLAS!

Mondragó hacía olas en el agua y la cría iba arriba y abajo, moviendo las alas muy feliz.

Los dos dragones chapoteaban y salpicaban a todos.

¡GRRRR!, gruñó uno de los dragoncitos rojos, y lanzó una pequeña bola de fuego por la nariz.

Mondragó metió el morro en el pilón, tragó un poco de agua y le lanzó un chorro al mandibulado para apagar la llamita. El dragoncito rojo gruñó de nuevo.

Los cuatro amigos y el dragonero se rieron.

—¡Son DOS verdaderos dragones de agua! —dijo Cale empapado.

—¿Dónde lo encontrasteis? ¿En el mar Ejada? —preguntó Casi.

Mayo y Cale intercambiaron una mirada.

—Eh... bueeeno... no exactamente —empezó Cale—. Estaba en... esto... en el castillo de Wickenburg...

—¿QUÉ? —retronó Antón.

—Sí, es que... Rídel y el Roble Robledo... —continuó Cale.

—¡Déjate de rodeos y cuéntame todo ahora mismo! —lo interrumpió Antón cada vez más agitado.

Cale miró de reojo a Mayo y tomó aire con fuerza. Sabía que habían actuado de una manera imprudente; sin embargo, no podían ocultarle la verdad al dragonero.

Antón esperaba su explicación con los brazos cruzados.

Cale tragó saliva y comenzó su relato.

Le explicó que habían consultado a Rídel, y la respuesta del libro parlante les hizo pensar que Wickenburg y su hijo Murda habían vuelto al castillo y estaban a cargo de la banda de ladrones. Sus sospechas se confirmaron cuando el Roble Robledo les habló de los rumores que corrían por el bosque. Pensaron que la mejor opción era ir a investigar. Su intención no era quedarse mucho tiempo en la fortaleza, pero cuando vieron que la cría de dragón estaba en apuros, decidieron que debían intentar ayudarla.

Cale contó que un chico los había tomado por miembros de la banda y los había obligado a entrar en el castillo. Describió con detalle a los chicos salvajes y las condiciones en las que vivían.

Mientras Cale narraba sus aventuras, Casi lo escuchaba con los ojos muy abiertos. ¡Sus amigos eran muy valientes! Él seguramente habría salido huyendo a la dragonería nada más ver a los ladrones. Se sentó en el suelo del establo donde estaba la cría de dragón de tierra, y en cuanto lo hizo, el joven animal se acercó a él y se subió a sus piernas. Se acurrucó encima del chico, cerró los ojos y se quedó dormido. Los dos mandibulados seguían cerca del bebedero y rugían a la cría de dragón de agua, que no paraba de salpicarlos mientras se bañaba alegremente.

Antón no parecía estar disfrutando tanto de su relato. Sus pobladas cejas se juntaron en el centro de su frente con una expresión de enojo. ¡Cale y Mayo le habían desobedecido! Él les había dejado muy claro que solo debían echar un vistazo y regresar en cuanto averiguaran algo.

Cale estaba a punto de contar la parte en la que había aparecido Arco, cómo le habían disparado con las catapultas y como él y Mayo habían conseguido salir del castillo perseguidos por Mofeta cuando lo interrumpieron unas voces que venían del exterior.

—¡Entrega a domicilio! —gritó alguien.

—¡Es Arco! —exclamó Mayo—. ¡Lo ha conseguido!

—¿Qué ha conseguido? —preguntó

Antón—. ¿Es que todavía hay más sorpresas desagradables?

Antón no dejó que Cale contestara. Salió del compartimento donde estaban las crías de dragón y se dirigió a la puerta del edificio dando grandes pisotones. ¡Estaba furioso!

Los tres amigos salieron detrás de él.

CAPÍTULO 9
¿UN FINAL FELIZ?

El dragón de Arco estaba suspendido en el aire, moviendo las alas delante del edificio. En sus garras llevaba colgando a Mofeta. El muchacho parecía estar agotado del viaje. Arco estaba sentado en la montura de Flecha con una gran sonrisa de satisfacción. Se quitó el casco, hizo una reverencia y señaló su carga.

—Servicio puerta a puerta. Aquí tienen su pedido. ¿Dónde quieren que les deje el paquete? —bromeó.

Antón no estaba para bromas. Se puso debajo de Flecha, observó al muchacho que llevaba el dragón en las garras y después miró a Arco malhumorado.

—¿Se puede saber quién es este chico y por qué lo has traído aquí de esta manera? ¡Suéltalo ahora mismo! —espetó.

La sonrisa de Arco se desvaneció de su cara. Volvió a ponerse el casco y le dio una orden a Flecha para que dejara caer al muchacho.

Mofeta aterrizó en el suelo de pie y se frotó los brazos doloridos. Las garras del dragón le habían dejado unas marcas rojas. Después miró a su alrededor y estudió la forma de escapar, pero al ver al robusto dragonero que no le quitaba la vista de encima, decidió no moverse de su sitio.

—¿Cómo te llamas? —le preguntó Antón.

Mofeta no contestó. Se limitó a mirarlo con cara de odio.

Cale corrió hasta Antón.

—Se llama Mofeta —aclaró—. Es uno de los chicos que estaban en la fortaleza de Wickenburg. Si no hubiera aparecido Arco en el castillo, ¡Mofeta se habría deshecho de la cría de dragón de agua!

—¡Y también estuvo a punto de matar a Cale! —añadió Mayo—. Cuando salimos de la fortaleza, nos persiguió y estuvo a punto de ahogarlo. Arco consiguió salvarlo justo a tiempo.

Antón observó al chico y después miró a Arco.

—¿Es eso cierto? —le preguntó.

—Bueno, no está bien presumir... pero la verdad es que Cale tenía la cara un poco morada cuando yo llegué... —contestó Arco.

—¿Y se puede saber qué pensabais hacer con él? —preguntó Antón.

—Hombre, pues ya que lo preguntas, creo que un buen baño no le vendría nada mal —contestó Arco—. Huele que apesta.

—Y también deberíamos darle algo de comer —dijo Mayo—, sobre todo para que no se coma a los dragones.

—Yo pensé que a lo mejor nos podría

contar quién está a cargo de la banda y cuáles son sus intenciones —añadió Cale.

Lentamente, Antón dio una vuelta alrededor del chico mientras se frotaba la barba pensativo. Sí, realmente olía fatal y parecía que no había comido en varios días.

—¿De dónde vienes? —le preguntó.

Mofeta no contestó. Levantó la barbilla desafiante y miró fijamente al dragonero a los ojos. No pensaba decir ni una palabra.

—¡Contesta! —exigió Antón.

El muchacho lo miró con desprecio y después escupió en el suelo.

—Muy bien, como quieras —dijo Antón—. Dejaré que te bañes y que comas, y después tú y yo vamos a tener unas palabras... No pienso tolerar que nada ni nadie ponga a mis dragones ni la paz de este pueblo en peligro.

—¿Quieres que lo ponga en remojo en el pozo? —ofreció Arco.

—¡ARCO! —gritó Antón—. Nosotros NO somos salvajes. Tratamos a TODAS las personas con respeto.

—Tranqui, que era una broma —dijo el muchacho.

—Pues no es momento de bromas —contestó Antón—. A partir de ahora, yo me encargaré personalmente de resolver este asunto. No dejaré que sigáis desobedeciéndome y poniéndoos en peligro. Lo que habéis hecho hoy ha sido una verdadera insensatez. Nunca debí meteros en esto.

—Pero... —empezó a decir Mayo.

—Nada de peros —lo interrumpió Antón—. Este es un problema que debemos solucionar los adultos. Mañana mismo reuniré a varias personas de confianza e iré con ellas al castillo a investigar qué está pasando. Además enviaré a un mensajero para que vaya a avisar a tu padre, Cale. Ahora, más que nunca, necesitamos que esté aquí.

—¿Y nosotros ya no podemos ayudar? —preguntó Cale.

—No. Os agradezco todo lo que habéis hecho, pero la situación se ha puesto demasiado peligrosa —contestó Antón—. Mañana debéis volver al colegio y dedicaros a las cosas que hacen los niños de vuestra edad. Lo único que os pido es que no contéis nada a nadie. ¿Entendido?

Los cuatro amigos asintieron con la cabeza.

Después, el dragonero se acercó a Mofeta y lo agarró del brazo.

—Tú, ven conmigo —dijo.

Antón dio unos pasos hacia el caserón. De pronto, se detuvo y se volvió para mirar a los cuatro chicos. Esta vez estaba sonriendo. Les guiñó un ojo y dijo:

—Volved a vuestros castillos. Seguro que vuestras familias os están esperando y tenéis deberes pendientes.

—¡Anda! ¡Los deberes! —exclamó Arco llevándose las manos a la cabeza.

Antón acompañó a Mofeta al caserón. Cale y sus amigos se quedaron en silencio viendo cómo se alejaban y entraban por la puerta.

—Oye, pues no parece que le haya hecho mucha ilusión el regalo —dijo Arco.

—Antón tiene razón —dijo Mayo—. Este es un asunto que deben resolver las personas mayores.

—A lo mejor. Aunque me da la impresión de que Antón sigue contando con nosotros y solo ha dicho eso para que lo oyera Mofeta —contestó Cale—. Puede que no seamos mayores, pero le hemos demostrado que podemos ayudar y ya hemos salvado a cuatro crías de dragón. Debemos estar orgullosos de nuestra labor y no abandonar.

—¿Crees que ya no me va a dejar cuidar a las crías? ¿Quién se va a hacer cargo de ellas mientras va al castillo? —preguntó Casi preocupado. Le había cogido mucho cariño a los dragoncitos y no quería separarse de ellos. Además, había empezado a desarrollar varios inventos en la dragonería y no quería dejarlos a medias.

—Ya veremos. Desde luego, nadie lo haría mejor que tú —contestó Cale—. Será mejor que cada uno regrese a su castillo y piense un plan. Mañana nos reuniremos en el colegio a la hora del recreo.

A Arco, Mayo y Casi les pareció una buena idea. Se montaron en sus dragones y alzaron el vuelo.

—¡Hasta mañana! —dijeron.

Cale se subió al mondramóvil y agitó

las riendas. Mondragó salió por el camino de tierra en dirección a su castillo dejando un rastro de agua detrás.

Cale estaba convencido de que sus aventuras no iban a terminar ahí. No mientras siguiera habiendo crías de dragón en peligro.

TIPOS DE DRAGONES

Existen seis tipos de dragones diferentes. Antón, el dragonero, es el encargado de asignar cada dragón a su correspondiente dueño. Antes de hacerlo, analiza la personalidad de esa persona, el lugar donde vive y las actividades a las que se dedica. Tener un dragón es una gran responsabilidad. Los dragones son animales muy fieles, protegen a sus dueños y los llevan de un lugar a otro, pero los dueños también deben cuidar y proteger a sus dragones.

DRAGONES DE TIERRA O COMPACTIFORMES

Son animales tímidos y cariñosos. Tienen las patas cortas y el cuerpo pequeño en comparación con otros dragones. No son muy ágiles, pero sí muy fuertes, y pueden llevar grandes cargas. Les gusta dormir en camas mullidas de paja y no necesitan hacer mucho ejercicio.
Chico, el dragón de Casi, es un dragón de tierra.

DRAGONES DE FUEGO O MANDIBULADOS

Estos dragones son animales dominantes y agresivos, muy difíciles de adiestrar. Suelen ser de color rojo brillante. Lanzan grandes bolas de fuego por la nariz y gruñen sin parar. Con disciplina y alguien que sepa dominarlos, son animales formidables e incansables. Les gustan los lugares cálidos.
Los dragones gemelos del exalcalde Wickenburg y de su hijo Murda son dragones de fuego.

DRAGONES DE AGUA
O MISTERIMORFOS

Reciben este último nombre porque nunca se sabe qué aspecto van a tener. Son los únicos dragones a los que les gusta el agua. Suelen ser juguetones y muy traviesos. Como son bastante tragones, conviene controlar su dieta para que no engorden. Son el compañero de juego perfecto, pero se distraen mucho y es probable que hagan que su dueño siempre llegue tarde.
Mondragó es un dragón de agua.

DRAGONES DE LAS CUEVAS
O CAZARÍFEROS

Estos dragones son muy buenos cazadores. Tienen un gran sentido del olfato y pueden ver en la oscuridad. Se mueven sigilosamente. Son animales nocturnos y no les gusta madrugar. Sus dientes afilados son muy útiles para cortar cualquier cosa.
El dragón de Fierro, el herrero, es un cazarífero.

DRAGONES DE VIENTO O VELOCÍPTEROS

La característica principal de estos dragones son sus enormes alas, que les permiten tener grandes destrezas de vuelo. Son muy ágiles y los animales más veloces que existen. Les gustan los espacios grandes y necesitan hacer mucho ejercicio para mantenerse en forma.
Flecha, el dragón de Arco, y Bruma, la dragona de Mayo, son dragones de viento.

DRAGONES DE HIELO O MULTIMEMBRADOS

El cuerpo de estos dragones es muy diferente al del resto. Pueden tener dos cabezas, dos colas o seis patas. Son muy útiles en trabajos de construcción o para realizar distintas tareas a la vez. Resisten temperaturas frías y les gustan las montañas y las actividades al aire libre.
El dragón bicéfalo de Antón es un dragón de hielo.

¿Qué tipo de dragón te gustaría que te asignara Antón?

Dibuja tu propio dragón, ponle nombre y envía tu dibujo o una descripción a la autora al correo electrónico

ana@anagalan.com